Kuba Rozpruwacz

Erika Sanders

ERIKA SANDERS

Kuba Rozpruwacz
Erika Sanders

ERIKA SANDERS

Streszczenie

Tamara nie wiedziała i nigdy się nie dowie, co stało się potem.

Wszystko, co zapamiętała, to nagły, oślepiający błysk srebrnego światła, pieczenie w gardle i uniesienie głowy za włosy.

Nagle nie dało się oddychać.

Szarpała się, próbując rozluźnić uścisk, ale poczuła, że jej ramiona są jak ołowiane ciężarki, a jej koncentracja się rozmywa...

Uwaga o autorze:

Erika Sanders jest znaną na całym świecie pisarką, tłumaczoną na ponad dwadzieścia języków, która swoje najbardziej erotyczne teksty, dalekie od jej zwykłej prozy, podpisuje swoim panieńskim nazwiskiem.

Indeks:

KUBA ROZPRUWACZ
ERIKA SANDERS

11

ROZDZIAŁ I

Tamara leżała cicho pod mężczyzną, zamykając oczy na widok jego wykrzywionej, brzydkiej twarzy, ale trzymając nogi jak najdalej od siebie. Nie mógł narzekać; w końcu był czysty i niedawno się kąpał, więc jego zapach nie był problemem. To były jego jelita. Nigdy nie powinna była decydować się na pójście do łóżka z grubasem, ale 400 dolarów to było za dużo, by je zmarnować. 400 dolarów, bez zabezpieczenia. Jej wnętrzności naciskały na jej brzuch i prawie niemożliwe było wzięcie głębokiego oddechu. Co więcej, jej włosy łonowe ocierały się o jej surową łechtaczkę i stawało się to bolesne.

W końcu przyspieszył, pieprząc ją tak, jakby zależało od tego jego życie i pieprząc jej i tak już obolałą dziurkę, aż doszła. Szarpał się w górę przy każdym wytrysku, sprawiając, że pomyślała o wielorybie wyskakującym z wody, a cztery mokre tryskania później wytoczył się z niej, oboje łapiąc oddech.

Wytarł twarz i spojrzał na nią. „Miałeś się dobrze".

— Uch, dzięki. Usiadła i poklepała jego pulsujący brzuch. – Nie masz nic przeciwko, jeśli skorzystam z twojej łazienki?

„Wcale nie. Po prostu zrób to szybko. Moja żona wróci lada moment".

Tamara wstała, zaciskając nogi, żeby jej wodnista sperma nie wypłynęła. Udało jej się przytrzymać większość z nich, dopóki nie była w stanie usiąść na toalecie i użyć mięśni, aby je wycisnąć. Użyła kilku zwitków papieru toaletowego, żeby posprzątać bałagan, pocierając wewnętrzną stronę nóg i próbując wysuszyć koronkę na pasie do pończoch i pończochach. Nieźle, pomyślał. Spłukała toaletę i wróciła do swojego pokoju hotelowego, zastanawiając się, czy ma prysznic w swoim pokoju. Może będzie musiał kupić trochę w drodze do domu.

— Będziesz jutro w Essex?

„Nie wiem. Może być". Tamara wyciągnęła rękę i posłała mu swój najsłodszy uśmiech, kiedy włożył jej w dłoń czterysta dolarów. "Chcesz inną randkę?"

„Tak. Nie ma zbyt wielu dziwek, które robią to bez gumy".

Suka. Nienawidziłem tego słowa, ale ono opisywało, co to było. Westchnęła i ponownie przybrała sztuczny uśmiech. - Cóż, przyjdź do mnie, kiedy będziesz gotowy.

Miękkie kliknięcie zamykających się za nią drzwi było kojące i Tamara ruszyła tak szybko, jak tylko mogła, w stronę windy. Minęła starszą parę, która rzuciła jej złośliwe spojrzenie i nieświadomie szarpnęła wysoki brzeg jej plisowanej spódnicy, wiedząc, że nie zakryje ona jej babydollowych pończoch i różowych podwiązek. Przyjechała winda i wyrwała ją z nieszczęścia, a po kilku minutach znalazła się z powrotem na ulicy, oddychając świeżym nowojorskim powietrzem.

Tamara mieszkała w Nowym Jorku przez prawie cztery lata i prawie tak samo długo była prostytutką. Przypadkowe spotkanie na dworcu autobusowym , kiedy uciekła , połączyło ją z Torrance'em . Zawsze szukał świeżego mięsa, a jego szesnastoletnie ciało idealnie odpowiadało jego potrzebom. Inna dziewczyna, Juliet, nauczyła ją grać w tę grę iw krótkim czasie Tamara wygrywała pieniądze, z których większość była przejęta przez Torrance. Kiedy został zastrzelony przez wściekłego handlarza metamfetaminy, zwróciła się do Sellersa, innego alfonsa, który miał lepszą stajnię. Zarabiała na nim więcej pieniędzy, ale wymagał od wszystkich swoich dziewczyn ujeżdżania klientów na oklep. Na początku odmówiła, dając darmowe oralne i nosząc prezerwatywy po swojej stronie, ale jeden z klientów poskarżył się, a dotkliwe pobicie sprawiło, że zmieniła zdanie i ponownie się z nim skrzyżowała.

Skierował się w stronę Essex i zdecydował się wrócić alejką do mieszkania Sellersów. Nogi ją dobijały i była zła, że Juliet bez pytania zabrała jej stare czarne buty do pieprzenia. Cholerna suka! Musiał założyć lepszy zamek do drzwi. Sprzedawcy pewnie by się nią zajęli.

Cień padł z progu i zamarła w pół kroku.

"Dobranoc." Głos był niski i kulturalny, z angielskim akcentem w stylu Davida Bowiego. – Jesteś wolny wieczorem?

„Nie jestem wolny, ale można mnie kupić".

Wszedł w światło, a ona uśmiechnęła się, dziękując temu, kto był na szczycie, że jest wysoki, szczupły i przystojny.

"Ile?"

„To zależy od tego, czego chcesz".

„Chcę, żebyś ssała mojego penisa i połykała spermę".

"Bez gumy?"

„Brak gumy. Jaki jest koszt?"

„300 dolarów". Gestem nakazał jej iść za sobą i wrócili do tej samej słabo oświetlonej alkowy, z której wyszedł. Od razu zaczął rozpinać spodnie. „Najpierw pieniądze, profesorze".

Kiedy przekazał pieniądze, a ona je przejrzała i włożyła do portfela, uklękła na brudnej podłodze, czekając, aż rozpią spodnie. Jego kutas wyszedł, gruby i twardy, a ona wydała z siebie wdzięczny dźwięk, gdy sięgnął po niego.

„Niezły kutas. Jesteś pewien, że nie chcesz się pieprzyć?"

"Tak, jestem pewny."

Tamara nie wiedziała i nigdy się nie dowie, co stało się potem. Wszystko, co zapamiętała, to nagły, oślepiający błysk srebrnego światła, pieczenie w gardle i uniesienie głowy za włosy. Jego penis zniknął z pola widzenia i nagle nie można było oddychać. Szarpała się, próbując rozluźnić uścisk, ale poczuła, że jej ramiona są jak ołowiane ciężarki, a jej koncentracja się rozmywa.

Uśmiechnął się tylko i używając swoich włosów, uniósł jej głowę, aż jego penis otarł się o szerokie nacięcie, które zrobił na jej szyi. Jego gorąca, kapiąca krew pokryła jego członek, sprawiając, że jego wejście było śliskie i aksamitne. Doskonały. Po prostu perfekcyjnie. Pchał raz po raz, jej ciało trzęsło się, gdy bulgotała i walczyła, a on wystrzelił swój ładunek, tak jak wzięła ostatni oddech.

Doskonały. Odrzucił ją na bok jak śmiecia, którym była, i zapiął spodnie, rozkoszując się uczuciem jej lepkiej krwi kapiącej przez jego włosy łonowe i wysychającej na jego jądrach. Po prostu perfekcyjnie.

ROZDZIAŁ II

Szefowa detektywów Clarice Burton zaparkowała swój nieoznakowany samochód na skraju żółtej policyjnej taśmy i wyjęła odznakę, wkładając ją do kieszeni marynarki. Sekretarz zwrócił uwagę na jej oficjalny status i przepuścił ją, obserwując, jak jej krągły tyłek kołysze się, gdy szła do grupy ubranych na czarno mężczyzn, z których większość odwracała wzrok, gdy się zbliżała. Był rok 2004, a zjednoczony świat najlepszych detektywów Nowego Jorku wciąż odrzucał kobiety. Uważano ją za istotę niższej rangi, mimo że miała najwyższy wskaźnik rozdzielczości w dystrykcie.

Mimo to Clarice Burton nie przeżyła bliskiej śmierci z rąk agresywnego męża, który pozwolił kilku mężczyznom z małymi penisami odrzucić ją na bok. Jego partner, Tony Acosta, skinął głową z szacunkiem, wkładając ręce do kieszeni i wyglądając na zirytowanego.

"Cześć chłopaki." Mario Andreotti i John Stevens wymamrotali pozdrowienia, obserwując, jak przechodzi przez ich krąg w kierunku ciała przykrytego prześcieradłem. Odsunął kołdrę i zbadał młodą kobietę, zauważając głębokie rozcięcie na jej szyi i ilość krwi, która otaczała jej martwe ciało. — Więc co my tu mamy?

Mężczyźni wymienili spojrzenia i Acosta opuścił krąg, kucając obok niej i wyjmując notatnik. „Nazywa się Tamara Williams, ma 20 lat. Jest prostytutką wychodzącą z mieszkania Jamiego Sellersa. Została znaleziona przez Patricka Millera, śmieciarza, który tam był".

— Jacyś świadkowie?

"Nikt."

– Czy jej czegoś brakuje?

„Nie możemy tego stwierdzić. Jej portfel tam jest. Miała 700 dolarów w gotówce, pilnik do paznokci, kartę telefoniczną i butelkę bezbarwnego lakieru do paznokci".

"Bez prezerwatyw?"

"NIE."

„Pamiętaj, aby zrobić notatkę, aby powiedzieć koronerowi, aby szukał chorób takich jak HIV/AIDS. Wygląda całkiem zdrowo, ale jeśli wykonuje pracę bez ochrony, nigdy nie wiadomo".

- Racja. Jest coś jeszcze, co chciałbyś zobaczyć. Acosta włożył rękawiczkę, odrzucił prześcieradło i czubkiem starego długopisu otworzył głębokie nacięcie na gardle zmarłej kobiety. "Widzisz to?"

Burton pochylił się do przodu, koncentrując się na gęstej, białej miksturze, która unosiła się nad zakrzepłą krwią, jak biała grudka normalnie występująca w białku jajka. „ Co to jest?"

„To sperma".

- Co? Skąd wiesz?

– Nie jestem pewien, ale tak myślę. Przesunął krawędź pióra w dół, ukazując Burtonowi jasną białą linię po wewnętrznej stronie skóry. „Myślę, że poderżnął jej gardło i trzymał jej ranę, kiedy umierała".

"Fuj!" Wstała, napinając obolałe mięśnie nóg, rozważając jego słowa. „Brzmi jak super pieprzony zboczeniec".

– Muszę się z tobą zgodzić, Clarence. No i co dalej?

– Zdobądź, co możesz, od śmieciarza i nadzoruj jego odbiór. Powiedz koronerowi, że chcę od razu wiedzieć, co ma w gardle, a jeśli to nasienie, wyślij to do sprawdzenia. Może nam się poszczęści i znajdziemy kogoś na podstawie dane".

- Okej. Co zamierzasz zrobić?

„Porozmawiaj z Jamiem Sellersem. Może dowiem się, kto był jego ostatnim klientem.

„Nie sądzę, żeby to był klient, Clarence. Myślę, że kimkolwiek był ten facet, był niezależny".

- Musiałbym się z tobą zgodzić, ale nie zaszkodzi spróbować.

Burton zostawił swojego partnera z przyjaciółmi z wydziału i spojrzał z ukosa na ludzi zebranych, aby obejrzeć ciało. Wiadomo było, że sprawca czasami wracał na miejsce zbrodni, aby ją przeżyć jeszcze raz lub ponapawać się nieudolnością policji. Śmieciarz wydawał się niewzruszony odkryciem zwłok i szczęśliwie palił bez przerwy, rozmawiając przez telefon komórkowy. Jedyną osobą, która zwróciła jego uwagę, był ksiądz, stojący na skraju tłumu, poruszający ustami, gdy modlił się w milczeniu patrząc na ciało.

„Cieszę się, że ktoś jej błogosławi". Mruknęła do siebie, kierując się z powrotem do samochodu. „Wszyscy tego potrzebujemy".

Następny przystanek: Centrum.

* * *

Wyjął piwo z lodówki i usiadł w swoim ulubionym fotelu, odchylając fotel, jednocześnie obsługując pilota. Telewizor włączył się i reklama sklepu meblowego skończyła się tuż przed rozpoczęciem wieczornych wiadomości.

„Nasza główna historia, kobieta została znaleziona prawie bez głowy w alejce na Lower East Side ". – powiedział prezenter. „Idziemy na żywo z naszym reporterem na miejscu zdarzenia". W tym momencie pochylił się do przodu, jego zainteresowanie wzrosło. Opisując zbrodnię, reporter przyglądał się twarzom osób znajdujących się na miejscu zdarzenia. Uwielbiał przerażone, a czasem puste wyrazy twarzy widzów. Jego kutas stwardniał w spodniach i rozpiął spodnie od piżamy, dając mu długi, mocny ruch.

„Główny detektyw w tej sprawie, detektyw Clarice Burton, miał to do powiedzenia na temat morderstwa". Zbadał cycatego policjanta, a jego kutas stał się jeszcze twardszy. Jaka ona była ładna! Te wszystkie rudo-złote włosy, niebieskie oczy, ogromne cycki... Boże, jak bardzo chciałby wepchnąć swojego kutasa między te piękności i zrzucić swój ciężar na jej podbródek. Zadał sobie kolejny mocny cios, napinając się z wysiłku. Następnie opowiedziała o niektórych szczegółach zbrodni, a jego uwagę przykuły jej usta, szerokie i soczyste, zakończone bladoróżowym upodobaniem młodych kobiet. Była bardziej niż zdolna do ssania jego penisa. Jęknął, pocierając teraz mocniej, wykorzystując magię magnetowidu do odtworzenia wywiadu, by móc obserwować, jak jej usta poruszają się w kółko.

Mrowienie u podstawy jego kręgosłupa zasygnalizowało jego uwolnienie i doszedł, jego sperma wyskoczyła w powietrze, tryskając po trysku, lądując na wyszczotkowanym aksamicie krzesła i beżowym dywanie poniżej. Dysząc, ponownie włączyła pilota i zwiotczała, odzyskując siły, oglądając resztę wywiadu. Był zaskoczony, widząc księdza, z którym przeprowadzono wywiad, słuchając jego życzliwych słów o wartości życia i obietnicy modlitwy za młodą kobietę.

Pieprzyć Boga! Wściekał się, chował i pił piwo. Ta suka nie zasługiwała na życie, nie zasługiwała na słodkie oddychanie. Gdyby ksiądz chciał mieć dziwki, o które mógłby się modlić, spełniłby jego życzenie. Na pewno spełni jego życzenie.

ROZDZIAŁ III

Rozmowa z Jamiem Sellersem nie miała sensu. Burton już wiedziała, że prawdopodobnie niczego od niego nie dostanie, ale była zła, że alfons nie wydał ostatniego klienta Tamary na przesłuchanie. Nie okazywał żadnej troski o dobro innych kobiet, które dla niego pracowały, chciał tylko wiedzieć, gdzie została zabita, aby mógł trzymać inne dziewczyny z dala od tego obszaru w obawie przed aresztowaniem.

Dla niego Tamara była czystą kartą, która została wymazana i prosiła tylko o pieniądze ze swojego portfela. Oczywiście Burton odmówił, mówiąc, że jeśli to możliwe, pieniądze zostaną przekazane jego rodzinie, a jeśli nie znajdzie się krewnych, otrzyma je Stowarzyszenie Dobroczynności Oficerów Policji. Oczywiście Sprzedawcy nie byli zadowoleni. Zatrzasnął drzwi za Burtonem, mrucząc pod nosem o „pieprzonych" świniach, które nie potrzebują więcej pieniędzy na pączki.

Ponieważ robiło się późno, postanowiła wziąć akta i udać się do domu, zrzucić buty i zejść na dół do swojego biura. Duża tablica korkowa zajmowała większość miejsca w małym pokoju. Włączyła światło, patrząc na zawartość tablicy. Migawki, 8 X 10 i inne ciekawostki pokrywały prawie każdy cal powierzchni, wszystkie wizualne przedstawienia młodych kobiet, które zostały brutalnie zamordowane w jej dzielnicy, odkąd została policjantką. Burton otworzył czarną teczkę w dłoni i wyjął zdjęcie Tamary, przypinając je w pustym miejscu.

Jego oczy powędrowały do pięknej dziewczyny o wymiarach 4 x 8 cali z blond włosami i błyszczącymi niebieskimi oczami. Takie anielskie piękno zostało zgaszone przez tę samą rękę, która zabiła dziś tę dziewczynę: wściekły mężczyzna, który postrzegał ją jako narzędzie seksualne, a nie ludzką istotę. Tim palił papierosa i oglądał telewizję, kiedy Clarice znalazła ciało Angie na jej małym łóżeczku. Nigdy nie zapomni widoku krwi spływającej po wewnętrznej stronie jej nóg i czystej niewinności w jej niewidzących oczach.

Tim Burton siedział teraz w więzieniu, odsiadując dwa kolejne dwudziestoletnie wyroki za znęcanie się nad Angie i późniejszą śmierć, podczas gdy Clarice odsiadywała dożywocie w swoim więzieniu za poczucie winy, a serce jej matki wypełniało poczucie winy z powodu porażki. Przełknęła gulę w gardle i uniosła drżącą dłoń, by dotknąć wystrzępionych brzegów zdjęcia. Nigdy bym nie dotknął kolorowej części zdjęcia; to zdjęcie i pluszowy miś to wszystko, co zostało po jej córce.

Burton cofnął rękę i zwrócił wzrok na Tamarę. Była czyjąś córką. Gdzieś miał miękkie, bezpieczne łóżko do spania. Gdzieś obchodziła Boże Narodzenie i Wielkanoc z ludźmi, którym na niej zależało. Nie miała twardej miny prostytutki, która nigdy nie zwracała na siebie uwagi i troski. Gdzieś, w pewnym momencie, doświadczyła miłości.

"Dlaczego nie teraz? Kogo spotkałeś i nie okazałeś miłości? Kto zostawił cię na śmierć we własnej krwi? Powiedz mi, Tamara. Powiedz mi, kto to był."

* * *

„Nie chcę iść, Sprzedawcy, a wy nie możecie mnie do tego zmusić!" Juliet krzyknęła, odwracając się, by odejść. Była wyczerpana pracą przez cały dzień, bolały ją stopy i nie chciała iść do pracy w ostatniej chwili, która czekała na nią na rogu. Obraz matowych jak śmierć oczu Tamary i powykręcanego ciała był zbyt świeży w jego umyśle.

imadło sprzedawcy, odciął krew z jego ramienia i syknął, a jego wyrównane zęby błyszczały w świetle. — Mogę zmusić cię do robienia wszystkiego, co zechcę. Okrążył ją, podchodząc tak blisko, że zadrżała, pomimo brawury, którą próbowała okazać. — Czy trzeba ci przypominać?

"NIE." Juliet nienawidziła siebie, gdy szybko wypluła to słowo, dając jej do zrozumienia, że jej zastraszanie działa. – Ale chcę, żebyś poszedł ze mną.

„Nie zamierzam patrzeć, jak pieprzysz się z jakimś białym chłopakiem! A teraz idź". Popchnął ją lekko w stronę czekającego mężczyzny. „I najpierw zdobądź pieniądze!"

Juliet potrząsnęła falującymi włosami, wygładziła sukienkę i podeszła do mężczyzny, starając się wyglądać seksownie, nie myśląc o tym, jak bardzo bolą ją stopy. "Cześć."

"Cześć." Jej głos był miękki, prawie chrapliwy, i odwróciła wzrok z zażenowaniem. "Jesteś bardzo piękny."

„Dziękuję. Lubisz Latynoski?"

"Kocham ich." Znowu zwiewna, ale z nutą... akcentu?

– Więc chcesz randkę?

"Tak. Chcę pieprzyć twoje cycki."

"Jak się masz?" Juliet rozejrzała się, czy nikt inny nie patrzy, i zmysłowo ścisnęła jedną ze swoich piersi. „Są prawdziwe. Chcesz dotknąć jednego?"

Niepewnie wyciągnęła rękę i złapała balon, zważyła jego słodką wagę, a potem go ścisnęła. "O cholera."

„Podwójne D". Juliet poinformowała go z dumą. "300 dolców i są twoje."

"Czy przełykasz?"

„Dodaj kolejne 200 dolarów, a wypiję wszystko, co masz do zaoferowania".

"Zrobiony."

Śmiejąc się, zaprowadziła go w miejsce za śmietnikiem i wyciągnęła rękę, uśmiechając się, kiedy włożył jej do ręki pięćset dolarów. "Dziękuję." Mając tę część sprawy na uboczu, ściągnęła bluzkę w dół, pozwalając mu otrzeć twarzą o siebie, zanim upadła na kolana, czekając bez tchu, by zobaczyć jego penisa. Rozpiął spodnie i wyciągnął penisa, uderzając nim o jej policzki, zanim wsunął go między jej piersi. Juliet trzymała cycki razem, pochylając głowę w dół i ssąc głowę ustami przy każdym pchnięciu.

Jęknął, chwytając ją za ramiona, by się uspokoić i pompując szybciej. To miało się wkrótce stać, czuł to. To znajome łaskotanie. Syknął, gdy jego kutas pękł, wpychając go do jej ust i wpychając tak daleko, jak tylko mógł. Na początku zakrztusiła się, potem przełknęła ślinę, chwytając się za biodra, żeby nie zakrztusić się po raz drugi. Kiedy w końcu przestał dochodzić, wyjęła jego penisa z ust i ponownie założyła koszulę.

"Do zobaczenia później."

Juliet nie widziała jego ręki obejmującej jej gardło, ale słyszała trzask jego tchawicy, gdy ustąpiła sile jego mięśni i kości. I bardzo szybko nie usłyszał nic więcej.

ROZDZIAŁ IV

Jim Blanch wracał ze szkoły o tej samej porze co zawsze. Jego matka zauważyła to, kiedy go powitała i usłyszała jego ciężkie kroki, gdy wbiegał po schodach. Uśmiechnęła się. Jim był dobrym chłopcem; darem niebios po kontrowersyjnym rozwodzie, który przeżyła. W tym roku kończył szkołę, był wyróżniającym się uczniem i uwielbiał grać w koszykówkę z kolegami. A co najważniejsze, sprzątał jej pokój bez pytania i pomagał jej, kiedy tego potrzebowała.

Właściwie musiał poprosić ją o przysługę. Ich sąsiad, pan Greenwell , potrzebował kufra przywiezionego ze strychu, a Lorna zgłosiła Jima do tej pracy. Wytarła ręce w fartuch, odwróciła swoje rigatoni z kurczakiem i zeszła na dół schodów.

„Jim! Czy możesz tu przyjść?"

Lorna czekała, ale nie otrzymała od niego normalnej odpowiedzi. Może drzwi były zamknięte albo słuchał muzyki. Odkąd kupił jej ten odtwarzacz MP3, czasami musiała wchodzić po schodach do swojej sypialni, żeby zwrócić na siebie jej uwagę. Westchnęła, wchodząc po schodach. Będzie musiała zrobić to jeszcze raz, a jej haluksy narzekały.

"Cholera! Jim!"

Wspiął się po schodach, opierając się na zranionej stopie i oparł się o podest, krzywiąc się. Słuchała muzyki. Dobrze znałem ten zespół; Ostatnio miał obsesję na punkcie Franza Ferdinanda i w kółko puszczał jego nowy album. Pod rytmem bębnów i piskiem gitar usłyszał coś jeszcze. Coś bez rytmu; coś, co nie pasowało do muzyki. Brzmiało to jak... skrzypienie sprężyn łóżka.

Jima? Nie dzwoniła już tak głośno. Jim miał osiemnaście lat i był na najlepszej drodze do zostania mężczyzną, a ona wiedziała, że od czasu do czasu masturbuje się pod prysznicem. Nie chciała go denerwować, jeśli tak było, ale specjalny zmysł jej matki podpowiadał jej, że coś jest nie tak. "Jim, musisz wyświadczyć mi przysługę."

Zbliżał się coraz bardziej, muzyka stawała się coraz głośniejsza, a dźwięki nabierały szybkości i wysokości. Jej drżąca dłoń sięgnęła do klamki i chwyciła ją, lekko ją przekręcając. Jima?

Widok, który ukazał się jej oczom, był czymś, czego Lorna Blanch nigdy nie zapomni. Pokój jego syna był jak zwykle w nieładzie. Na ścianach wisiały plakaty Jennifer Garner i Jessiki Alby wraz z półnagimi kobietami z anime. A jej syn był w łóżku, nagi. Jego silne nogi siedziały okrakiem na czymś, biodra napinały się, a mięśnie pleców falowały. Lorna zrobiła mały krok w bok, szeroko otwierając oczy. Pod ciałem jego syna znajdowała się para doskonałych piersi, które trzymał razem, wsuwając między nie swojego kutasa.

Lorna Blanch krzyknęła.

* * *

"Mówisz poważnie?"

Burton i Acosta pchnęli drzwi komisariatu, wysiedli i zbiegli po schodach do jej samochodu.

– Wolałabym, żeby nie był. Zadzwonił pięć minut temu i powiedział, że jego syn pieprzy parę cycków i żeby po nie przyjechał.

Czy na pewno należą do Juliet Friars?

„Nie, ale naprawdę nie mogę sobie wyobrazić nikogo innego, komu brakuje pary cycków, a ty?"

Nie było dalszej rozmowy, dopóki nie dotarli do piaskowca i zapukali do środka. Lorna Blanch była złapana między gniewem a obrzydzeniem, a jej syn najwyraźniej ponosił ciężar obu.

„Pani Blanch? Jestem detektyw Burton. To jest detektyw Acosta".

Kobieta energicznie uścisnęła im dłonie, a jej gniewne spojrzenie wróciło do młodego mężczyzny, który próbował zmniejszyć się na krześle. „Nauczyłem go lepiej niż to. Jest wykształcony lepiej niż przynoszenie tej brudnej rzeczy do domu".

Acosta zaryzykował pytanie, obawiając się jeszcze bardziej wzniecić swój gniew. – Pani Blanch, czy jest pani pewna, że są... prawdziwe?

– Och, są prawdziwe, w porządku. Warknęła ze złością, po czym odwróciła się, by wrzasnąć na syna. „Idź im pokaż, Jim.

Młody człowiek nie mówił. Poprowadził ich po schodach do swojej sypialni i wskazał na swoje łóżko. Obok jej poduszki spoczywały idealne piersi, starannie wyrzeźbione i przycięte, by można je było przenosić, sutek z przekłutym sztangą i zwisającą z niego pszczołą. Burton wyjął z kieszeni parę rękawiczek i dokładnie obejrzał mięso.

„Są jej.

— Skąd możesz wiedzieć?

Burton uniósł jej lewą pierś i pokazał mu wytatuowane litery. **małe B._ _**

„Tak nazywała się jego ulica". Zdjęła rękawiczki i zwróciła się do młodzieńca. "Gdzie ich znalazłeś?"

„Na śmietniku". jąkanie się „W drodze do domu ze szkoły".

Burton przestał myśleć i przyciągnął Acostę blisko siebie. – Lepiej działajmy szybko. Boję się, co zrobi dalej.

ROZDZIAŁ V

Burton i Acosta przeszukali śmietnik, w którym Jim Blanch powiedział, że znalazł piersi, ale nie byli w stanie znaleźć żadnych innych dowodów. Cycki rzeczywiście należały do Julii; idealnie wskoczyły na swoje miejsce, kiedy lekarz sądowy umieścił je w starannie wyciętym otworze w jego torsie. Acosta prawie zwrócił eskalopkę cielęcą, wychodząc przez drzwi. Doktor Arbitag śmiał się tak mocno, że maź Vicksa pod jego nosem groziła, że wystrzeli przez pokój.

„Ten powinien być na igrzyskach olimpijskich. Prawdopodobnie stracił kilka sekund od czasu Usaina Bolta".

- Arby, jesteś prawdziwym sukinsynem, wiesz o tym? Clarice roześmiała się, pomagając mu włożyć część ciała do oddzielnej torby.

– Tak, ale ty mnie kochasz. Zamknął torbę i włożył ją do wózka. „Cóż, Clarice, nie wiem, co mogę ci powiedzieć, ale nie byliśmy w stanie znaleźć dla ciebie żadnych użytecznych dowodów".

– A co z nasieniem?

„Szukaliśmy go, ale nie otrzymaliśmy żadnych wyników w bazie danych".

Burton zdjął rękawiczki i nadepnął na dźwignię, aby otworzyć pojemnik na odpady medyczne. „Tak naprawdę nie zakładałem się o to w żaden sposób. Wiesz, że zwykle są dalekie od strzału".

"Tak czasami." Arby umył ręce i zwrócił się do detektywa. – Ale nigdy nie wiesz, dopóki nie spróbujesz.

– Arby, widziałeś wiele przypadków. Wiem, że nie jesteś Michaelem Badenem, ale potrzebuję twojej wiedzy. Przerwał, zbierając myśli. „Znowu zabije i to wkrótce. Julia była wczoraj. Tamara była dwa dni wcześniej. Po północy czeka nas kolejna śmierć, a burmistrz dostanie przesrane".

„Nie spodoba ci się".

Burton uśmiechnął się, szybko uspokajając. - Czy możesz mi dać coś do kontynuowania? Cokolwiek czujesz?

Arbitag wytarł ręce do czysta i zaczął zmywać kawałki mięsa i zakrzepłą krew w odpływie na pobliskim stole. Patrzył na nią przez chwilę, po czym odkręcił zawór na wężu, przerywając dopływ wody. „Jest szalony. Nie tylko jest inteligentny, ale jest też chory psychicznie. Jego wybór, by celować w prostytutki, nie jest oryginalnym pomysłem , ale jego konkretny wybór prostytutek, które nie używają prezerwatyw, tak".

"Bez prezerwatyw?"

„Kanał pochwy lub odbytu kobiety, która konsekwentnie używa prezerwatywy, bardzo różni się od kanału kobiety, która tego nie robi. Prążki mięśniowe są znacznie gładsze, a mięśnie pochwy obu kobiet wskazywały, że żadna z nich nie uprawiała ostatnio bezpiecznego seksu. "

„Więc byli specjalistami w robieniu tego bez zabezpieczenia".

Arbitag skinął głową, ponownie odkręcił wodę i wyrzucił śmieci do ścieku. „Julia miała HIV".

— A Tamara?

„Chlamydia".

„Czy jest transmitowalny?"

"Tak."

„Czy można to leczyć?"

„Chlamydię można leczyć, tak, ale... cóż, wiesz o HIV".

"Tak." Clarice zajrzała do grubego plastikowego worka na ciało, ładne rysy Juliet zniekształcone przez gruby materiał. „Więc obie kobiety były zarażone, ale go to nie obchodziło".

„Nie. Znaleźliśmy spermę w gardle pierwszej dziewczyny i znalazłem trochę w ustach Juliet, kiedy ją badałem. Faceci byli tacy sami".

„ Ale dlaczego miałby poświęcać czas na odcinanie kobiecych piersi, a następnie ich pozbywanie się? To znaczy, po nacięciu widać wyraźnie, że poświęcił czas na wykonanie dobrej roboty..."

„Może się spieszył. Może zostawił je tam dla ciebie i Acosty, a ten chłopak znalazł ich przypadkiem. Kto wie? W tym momencie powód, dla którego je zostawił, nie ma znaczenia".

— A o co chodzi?

„Dlaczego musiał ciąć kobiety? Mógł uniknąć krzywdzenia ich, ale czuł, że musi je okaleczyć. Dlaczego tak było? Dlaczego gardło i dlaczego piersi? Dlaczego wybrał kobiety, które nie nie używać prezerwatyw?

„Składałem oświadczenie". — powiedział cicho Burton. „Oświadczenie o prostytutkach nie używających prezerwatyw. Prostytutki niskiej jakości, zarażające i roznoszące chorobę na klienta. To jest jak Kuba Rozpruwacz..."

Słowo, które wyszeptał Arbitag, było jeszcze cichsze. „Bingo". Mózg Burtona natychmiast zabrał się do pracy, wyrzucając łopaty ziemi w ogrodzie swojego płodnego mózgu w poszukiwaniu informacji. Lekarz sądowy sprawdził sterylną tacę z narzędziami, upewniając się, że są gotowe do następnego wejścia. „A jaka osoba chciałaby celować w kobiety w ten sposób?"

Po raz kolejny detektyw zastanowił się nad pytaniem, zastanawiając się nad możliwymi odpowiedziami. Nowy Jork był gęsto zaludnionym miejscem z najrozmaitszymi ludźmi, którzy chcieli, aby Jezebel z HIV zostały zmiecione z powierzchni planety. Arbitag przesunął się za nią, kładąc przed nią jedno, a potem drugie zdjęcie. Pierwsze zdjęcie przedstawiało tłum na miejscu zbrodni Tamary. Strzały z tłumu były standardem i wymagane na wszystkich miejscach zbrodni w mieście. Wiedząc, że większość morderców to istoty psychiczne, zawsze istniała możliwość, że dana osoba pojawi się ponownie na scenie, by pławić się w uwadze, jednocześnie potajemnie ukrywając swoją tożsamość.

Bystre oczy Clarice przeskanowały drugie zdjęcie, tłum wzięty z miejsca zbrodni Juliet, i nie mogły znaleźć związku. Arbitag wyczuł jej frustrację i wyciągnął z kieszeni marynarki czarny marker, narysował dwa kółka na papierze fotograficznym i uśmiechnął się, gdy detektyw się nachylił.

"Ksiądz."

ROZDZIAŁ VI

Kobieta była piękna. Jej włosy były w soczystym odcieniu rudawego blondu, elegancko ułożone w czepek loków wokół twarzy. Jej kuszące usta były otoczone czerwienią, a jej blade piersi sterczały tuż pod krawędziami koronkowej koszuli nocnej, drażniąc go swoimi pulchnymi, piegowatymi bluzkami. Pragnęła potrzeć palcem po tych ośnieżonych szczytach, ale wciąż nie znała jej wystarczająco dobrze.

"Chcesz drinka?"

Potrząsnęła głową i zbliżyła się do niego na sofie, odwracając swoją śliczną twarz do jego. Zrozumiał aluzję i pochylił się, obejmując jej usta w delikatnym pocałunku i wsuwając język do jej ust. Była taka uległa, a on to uwielbiał. Chciał być mężczyzną, pokazać jej, że może się nią zaopiekować i chciał, żeby to wiedziała. Wciąż ją całując, wyciągnął rękę i objął jedną pierś, pocierając jej sutek między palcami.

– Lubisz to, prawda?

Wsunęła pasek halki przez ramię, pozwalając palcom pieścić jej gładką skórę. Jej pierś nabrzmiała, sutek był miękki i różowy, a on lizał go, poświęcając czas na wyczucie różnych tekstur. Czas mijał, tam iz powrotem między nimi dwoma, ale jej potrzeba była zbyt wielka i nie mogła dłużej walczyć. Gdy jego usta badały dolinę między jej piersiami, jego ręka zsunęła się w dół i połączyła z jego twardym jak skała kutasem, ściskając go przed otwarciem i puszczeniem.

„Zrób mu małego lodzika, dobrze?"

Jej usta rozchyliły się, a on pchnął jej głowę w dół, jęcząc głęboko, gdy wziął swoje pełne sześć cali długości do ust, pozwalając mu uderzyć w tył jej gardła. Była taka dobra.Myślał, że nie może się nacieszyć miękkim, wilgotnym ciepłem jej ust i giętkim językiem. Otarła się o spód jego penisa, celując w małą wiązkę nerwów na południe od grzebienia i wywołując dreszcze.

„Tak, kochanie. Po prostu. Weź to. Weź to wszystko".

Chciał ją przelecieć, ale kiedy zaczęła ssać jego kutasa, wiedział, że to nie potrwa długo. Jej małe gardło utworzyło próżnię wokół jego penisa i nagle zaczęła go ściskać i ssać jednocześnie. Odchylił się na krześle, trzymając rękę z tyłu głowy, gdy jego biodra uniosły się, wpychając swojego kutasa głębiej w jej gardło.

"O tak. O kurwa, kochanie, idę do spermy!"

Wytryskowi nasienia towarzyszył jej zduszony okrzyk, a jej ciało drgało przy każdym uwolnieniu, jej nogi były sztywne i proste. Była taka dobra.Wydoiła z niego każdą ostatnią kroplę, zostawiając go słabego i zadowolonego, z uśmiechem na twarzy. Pukanie do drzwi zakrystii natychmiast wymazało ten uśmiech i zerwał się na równe nogi.

– Wielebny Perkins?

"Idę."

Burton usiadł na jednej z ławek i spojrzał na Acostę. – Co on tam, do diabła, robi?

– Nie wiem. Udzielasz prywatnego błogosławieństwa?

Detektyw roześmiał się ponuro, rozglądając się po małym kościele. Nie byłem w kościele od śmierci Angie. Myślała, że nie ma Boga, skoro pozwoliła dziewczynie tak umrzeć. Drzwi zakrystii otworzyły się i wielebny Henry Perkins wystąpił naprzód, nieskazitelnie ubrany. Wyciągnął rękę do Acosty, po czym odwrócił się do niej, gdy wstała.

„Przepraszam, że kazałem ci czekać. Pracowałem przy komputerze".

„Komputer w kościele. Świat idzie do przodu".

„Zawsze, detektywie Burton. Potrzeby duszy nie są ograniczone technologią". Perkins roześmiał się, jakby opowiadał sobie prywatny żart. "Jak mogę ci pomóc?"

– Chciałem zadać ci kilka pytań. Masz coś przeciwko?

"Zupełnie nie."

"Dobry." Burton patrzył, jak duchowny nerwowo się od niej odsuwa, jak jego partner obchodzi ołtarz, badając święte artykuły ich wiary technicznym okiem wyszkolonego policjanta. „Zdałem sobie sprawę, że była na scenie Williamsa. Myślę, że modliła się za nią".

„Ech tak". Perkins odpowiedział mu, po czym zwrócił uwagę na Acostę. Dlaczego się denerwujesz, wielebny? „Udzieliłem mu ostatniego namaszczenia".

– Skąd wiedziałeś, że jest katoliczką?

– Nie zrobiłem. Udzielam ostatniego namaszczenia każdemu, kto jest w potrzebie, niezależnie od wyznania.

— A może jego brak?

Wielebny Perkins potrząsnął głową. „Wszyscy otrzymujemy rozgrzeszenie, jeśli prosimy o przebaczenie za nasze grzechy. Dlaczego prostytutka miałaby być inna?"

– To bardzo miło z twojej strony, wielebny Perkins. Czy to dlatego przyszedłeś na scenę Friars?

Zauważyła najmniejszy ślad zaskoczenia na jego twarzy, zanim się pozbierał. — Scena Braci?

Burton wyjął zdjęcie z teczki, którą miał przy sobie, i pokazał je mężczyźnie, uważnie obserwując jego reakcję. „O tak. Byłem w drodze na spotkanie modlitewne i przypadkiem go spotkałem. Udzieliłem mu też ostatniego namaszczenia".

"Widzę." Zastąpił zdjęcie. – Czy widziałeś którąś z dziewczyn przed jej śmiercią?

"N-nie."

Jąkanie. Dlaczego jesteś taki zdenerwowany? "Jesteś pewny?"

- Tak, jestem pewien. Wiedziałbym. Perkins rozejrzał się ponownie i zdał sobie sprawę, że Acosta zniknął. „Gdzie jest pan Acosta?"

„Och, prawdopodobnie gdzieś się kręci, najprawdopodobniej pali na zewnątrz".

"Proszę mi wybaczyć."

„Wielebny Perkins, jeszcze nie skończyłem..."

Czcigodny wielebny ruszył w stronę zakrystii z najwyższą prędkością, a tuż za nim detektyw Burton. Acosta był w małym pokoju, oglądając oprawione w ramki certyfikaty, które były usiane panelami. Spojrzał zdezorientowany na Perkinsa, który wbiegł do środka.

"Tak jest?".

Wzrok Perkinsa powędrował do szafki w kącie i zauważył, że drzwi były szczelnie zamknięte. „Uch, to jest moje prywatne biuro, detektywie. Byłbym wdzięczny, gdybyś wyszedł".

Oczy Acosty spotkały się z oczami Burtona i wzruszył ramionami. "Bez problemu."

Perkins zamknął za nimi drzwi i zwrócił się do dwóch detektywów. „Słuchaj, jeśli nie ma więcej pytań, muszę się przygotować na jutrzejsze nabożeństwo".

Detektyw Burton uścisnął jej dłoń. – Dziękuję, wielebny Perkins. Skontaktujemy się z panem, jeśli będziemy mieli dalsze pytania.

Obaj detektywi szybko opuścili kościół i udali się w stronę nieoznakowanego chevroleta zaparkowanego przy krawężniku. „Nasz wielebny Perkins to interesujący człowiek".

– Co sprawia, że tak mówisz?

„Ona ma przyjaciela w szafce. Bardzo realistyczna gumowa lalka". "Lalka?"

„Nie byle jaka lalka. Seksowna lalka". Acosta wyjął z kieszeni plastikową torbę. – Z ustami pełnymi spermy, dodam.

„Wielebny pieprzył lalkę, kiedy zadzwoniliśmy".

„Wygląda na to, że jest". Acosta uśmiechnął się. "Co ty na to, żebyśmy zrobili szybki postój w biurze koronera?"

ROZDZIAŁ VII

Noc rozlewała się łagodnie po mieście jak ciemna smuga sadzy, zaciemniając horyzont i przesłaniając gwiazdy, o których wiedziała, że tam są. Zanim się pobrali, Harry zawsze komentował jego oczy, mówiąc, że widzi w nich niebo. Ale dziś wieczorem wróciła wcześniej do domu i zastała go szukającego nieba w ciele blondynki ze sztucznymi cyckami. Po jedenastu latach małżeństwa nigdy się tego nie spodziewała. Wierzyła w „żyli długo i szczęśliwie", w Księcia z Bajki i jego śliczną księżniczkę, a jednym pociągnięciem jego penisa jej mąż zniweczył te marzenia.

I tak Carla Parker znalazła się w kantynie lokalnej społeczności, otoczona przez fanów, którzy traktowali ją, pijąc za drinkiem, drink za drinkiem, przesuwając jej granice. Nie wiedział, kiedy przekroczył tę granicę; wiedziała tylko, że przestało ją obchodzić jej zdradzający mąż. To było jak obcy przedmiot utkwiony w podeszwie jej buta, więc bez wysiłku wyjęła go i odrzuciła na bok.

"Przepraszam." To jego głos przebił się przez alkoholową mgłę: uprzejmy i rycerski. – Czy mogę postawić ci kawę?

Na jego nagłe przybycie na miejsce rozległ się okrzyk i krzyk. "Hej Kim jesteś?" Widzieliśmy to pierwsi. „Odpieprz się, ty pieprzony angielski draniu!"

Zignorowała ich i odwróciła się do mężczyzny, posyłając mu pijacki uśmiech. "Tak proszę." Wziął ją za rękę i pomógł jej zejść ze stołka barowego, łapiąc ją z wdziękiem, gdy jej pięta zahaczyła o szczebel i pchnęła ją do przodu. Inni śmiali się z jego pijaństwa, ale on nie. Podniósł ją na nogi i pomógł usiąść na krześle, po czym nalał kawę ze śmietanką i cukrem, aż mogła unieść filiżankę do ust.

"Lepsza?"

„Tak, znacznie lepiej. Dziękuję". Kawa zmyła trochę rozmycia i uśmiechnęła się do przystojnego nieznajomego. „Dziękuję, że mnie uratowałeś".

„To nie ma znaczenia". Jego uśmiech był ciepły i swobodny. „Słuchaj, moje mieszkanie jest niedaleko stąd. Może pójdziemy tam? Mogę zrobić ci więcej kawy".

„Brzmi nieźle. Pozwól mi najpierw skorzystać z łazienki".

Kiedy jej nie było, dopił kawę i cierpliwie czekał, aż wyjdzie, zauważając, że inni mężczyźni uważnie się mu przyglądają. Wyszła na zewnątrz, wycierając ręce papierowym ręcznikiem, i została napadnięta przez mężczyznę, który nazwał ją „angielskim draniem". Nie wiedział, co się z nim stało, ale w ciągu kilku sekund stał się gwałtownym cieniem dawnego siebie, rzucając się na mężczyznę i powalając go na ziemię. Inni mężczyźni, którzy z nią rozmawiali, dołączyli do walki i wkrótce barman gorączkowo wzywał policję, gdy krzesła i butelki latały i lała się krew.

Prawie trzydzieści pięć minut później Burton odebrał telefon od Stevensa. „To bójka w barze o nazwie Sin City".

„Słyszałem wcześniej o byciu miejscowym. Dlaczego dzwonisz do mnie w sprawie bójki?"

– Będziesz chciał porozmawiać z ofiarą, Carlą Parker. Mówi, że miała wyjść z mężczyzną, kiedy wybuchła bójka. Anglik.

"Jestem w drodze."

Kiedy przyjechała, barman żegnał się z ostatnim klientem i nie był zadowolony, że ją widzi. Kobieta siedziała przy stole, w budce, z drinkiem w drżącej dłoni i rozczochranymi włosami wokół głowy.

Stevens czekał na nią, wpatrując się w głęboko wycięty przód jej bluzki. „Nazywa się Carla Parker. Znalazła swojego męża w łóżku z inną kobietą i postanowiła utopić swój gniew. Wygląda na to, że wypiła za dużo i przyciągnęła uwagę kilku mężczyzn, którzy widzieli w niej „okazję".

„Głupi drań". Burton mruknął. – Dlaczego nie wyrzuciłeś go z domu?

"Nie wiem". Zatrzymał się po jednej stronie stołu. „Pani Parker, to jest detektyw Burton".

Parker podniosła wzrok, jej oczy były głęboko osadzone i zaczerwienione. Zaczęła mówić, ale jej twarz opadła i przełknęła trochę alkoholu wbrew obietnicy kolejnych łez. Stevens cofnął się, a Burton usiadł, wyciągając rękę i poklepując dłoń kobiety.

– Opowiedz mi o nim, pani Parker.

„Wydawał się miły, dżentelmen".

– Skąd wiedziałeś, że był rycerzem?

„Miał angielski akcent".

Burton spojrzał na Stevensa i posłał kobiecie zachęcający uśmiech. „Tych jest niewielu. To znaczy panowie". Parker skinął głową i wziął kolejnego drinka. – Co jeszcze skłoniło cię do myślenia, że jest dżentelmenem?

„Zaproponował mi kawę, kiedy reszta tych łobuzów chciała, żebym pił więcej. Nie chciał mnie wykorzystać, jak reszta z nich".

– To miło z twojej strony. Bardzo miło ze strony dziwnego mężczyzny, który przyszedł jej na ratunek, nie sądzisz? Słowa detektywa sprawiły, że Parker poczuła się nieswojo, ale nic nie powiedziała. – Powiedziała, że z nim pójdzie?

– Tak, zaprosił mnie do swojego mieszkania. Mieliśmy tam iść na kawę.

"Widzę." Burton spojrzał na kobietę. – Czy możesz mi go opisać?

„Wysoki, ciemnowłosy, brodaty, brązowe oczy".

– Czy mógłbyś go zidentyfikować, gdybyś go znowu zobaczył?

"Tak." Parker rozejrzała się po pozostałych oficerach, nagle wzbierając w niej ciekawość. – Dlaczego tak bardzo interesuje cię człowiek, który wszczął bójkę?

– Ponieważ, pani Parker, ma pani szczęście, że żyje. Uważamy, że pani Anglik zamordował dwie znane nam kobiety, a pani mogła być numerem trzy.

ROZDZIAŁ VIII

Furia rządziła jego żyłami. Nie mogła myśleć o bólu rozdzierającym jej czaszkę i gniewie, który gotował jej krew. Ona miała. Jadła z rąk i wkrótce krwawiłaby na krawędzi noża. Cholerna dziwka! Otarła czoło, idąc z powrotem na przód baru, nie mogąc się powstrzymać przed powrotem na scenę. I oto ona, ten detektyw-idiota z telewizji, siedział naprzeciwko kobiety. Wciąż mogłem ją mieć. Teraz musiał znaleźć na to sposób...

Zadzwoniła komórka Burtona, włączyła ją i wyszła z kabiny.

„Burtona".

Cześć, jestem Acosta.

„Gdzie byłeś? Pięć razy próbowałem się do ciebie dodzwonić!"

– Byłem tu w laboratorium. Kazałeś mi czekać na wyniki, pamiętasz?

– Tak, ale nie możesz odebrać telefonu?

– Od dwóch godzin otrzymuję techniczne wyjaśnienia dotyczące DNA, Clarence. Mój mózg jest przeciążony.

Burton się roześmiał. – Więc jakie masz dla mnie wieści?

„Jest zbieg okoliczności".

"Żartujesz?"

– Nie. Nasienie księdza pasuje . Jestem w drodze do domu sędziego, żeby zatwierdzić nakaz aresztowania.

Burton przetrawił tę informację i odwrócił się, by spojrzeć na Carlę Parker. Coś było nie tak, ale nie wiedziała co.

– Czy chcesz, żebym się z tobą spotkał w domu sędziego Andersona?

„Nie, to nie jest konieczne. Mogę się tym wszystkim zająć. Zadzwonię do ciebie, kiedy będę miał wszystko na miejscu i spotkamy się, żeby go aresztować".

Dobra robota, Acosta.

– Dziękuję, Clarence. Do zobaczenia później.

Wyłączył telefon i ponownie spojrzał na kobietę. Co to było? Co ją niepokoiło? Burton wzruszył ramionami i podszedł do miejsca, w którym stał Stevens.

– Mamy faceta.

– Co, ten dzisiejszy facet?

„Nie. Zabójca. Opowiem ci o tym później. Teraz musimy zabrać panią Parker do domu i wydostać się stąd".

"Dobra."

Parker podniósł głowę, gdy się zbliżyła.

— Czy go złapali?

- Nie, ale złapaliśmy zabójcę, więc możesz iść.

– Nie sądzisz, że to on jest zabójcą?

– Nie. Mamy niezbite dowody, że tak nie jest, więc jesteś bezpieczna.

Oczy Carli wypełniły się łzami. "Dzięki Bogu."

„Detektyw Stevens dopilnuje, żebyście bezpiecznie dotarli do domu".

„To nie jest konieczne. Nie idę do domu. Jadę tylko do hotelu na końcu ulicy".

– Mimo to detektyw może zabrać ją do hotelu.

Parker wstała, dopiła drinka i podniosła torbę. - W każdym razie dzięki, ale idę na spacer. Potrzebuję trochę świeżego powietrza, jeśli wiesz, co mam na myśli.

„Pani Parker, nie muszę pani mówić, że samotne spacery o tej porze nocy są niebezpieczne".

"Będę ostrożny." Potykając się, ruszyła w stronę drzwi, prostując się, gdy chwyciła klamkę. "Dzięki za pomoc."

Detektywi patrzyli, jak odchodzi, obaj kręcąc głowami nad jej głupotą. Stevens poklepał Burtona po plecach. – To nie twoja wina, Clarence. Jest dorosłą kobietą.

– Czy nie moglibyśmy jej aresztować za pijaństwo i zakłócanie porządku?

„Niezupełnie. Zostałoby to wykluczone ze względów technicznych lub zostalibyśmy pozwani". Uśmiechnął się. Lub znając nasze szczęście, jedno i drugie.

Roześmiała się, zgadzając się. - Masz rację. No to chodźmy, po drodze opowiem ci o księdzu.

* * *

Carla nuciła, idąc ulicą. Kochał Nowy Jork o tej porze. Para unosząca się z kanałów, odblaski neonów w ciemnosrebrzystych kałużach, odgłosy niecierpliwych kierowców i zapach spalin, wszystko to złożyło się na to, że miasto jest magicznym miejscem, w którym warto przebywać po zachodzie słońca. Bycie pijanym też nie osłabiło wrażenia. To podniosło wszystko iz pewnością poczuła się „podniesiona".

Pieprzyć Harry'ego! Roześmiała się i podskoczyła radośnie, przypominając sobie uwagę, jaką otrzymała tej nocy. Widzisz Harry'ego? Nie jesteś jedyną osobą, która może zdobyć kogoś innego! Kiedy zbliżyła się do rogu, zobaczyła go stojącego tam z uśmiechem na twarzy, i pobiegła, rzucając się w jego ramiona. — Gdzie zniknęłaś?

– Wyszedłem tylnymi drzwiami. Nie jestem wielkim wojownikiem.

Dotknęła guzka na jego prawej skroni, a on się skrzywił. "Oh przepraszam."

– Nadal chcesz tę kawę?

Dostrzegła błysk w jego oczach i uśmiechnęła się. – Masz na myśli, w swoim mieszkaniu?

"Tak."

„Nie. Ale napiję się".

"Dobra, chodźmy."

Pozwoliła mu prowadzić, potykając się i śmiejąc, gdy prowadził ich ulicami i alejkami. W końcu zatrzymał się w ciemnym zaułku, przycisnął ją do ściany i pocałował w szyję. „Mam nadzieję, że nie masz nic przeciwko szybkiemu numerkowi. Jesteś taka piękna, że nic na to nie poradzę".

"NIE." Powiedział bez tchu. „nie mam nic przeciwko". Jego szorstkie usta doprowadzały ją do szału, skubiąc wrażliwe ciało jej szyi i wywołując dreszcze. Kiedy jego ręce przesunęły się na jej talię, podciągając rąbek jej sukienki, nie protestowała. Jej ciało było głodne, głodne uwagi mężczyzny, któremu najwyraźniej podobało się jej towarzystwo. Pieprz się, Harry. Jego palce zdarły jej majtki z jej ciała, a ona rozłożyła szeroko nogi w oczekiwaniu. "O tak ." szepnęła, czując mrowienie w cipce. "pieprzyć mnie."

Słowa zakończyły się stłumionym wycie, a jej ciało wbiło się w przerośnięte nożyczki krawieckie, które wepchnął jej w pochwę. Krew, gęsta i ciepła, pokryła jego dłoń i zatrzymał się, by ją powąchać, zanim wepchnął swojego obolałego penisa w pulsujące strumienie. Próbowała go podrapać, ale jedną ręką z łatwością trzymał jej nadgarstki, a drugą trzymał jej biodra blisko siebie. Wkrótce ich walka osłabła, jej oczy zatrzepotały, a on wszedł w nią gwałtowniej, jego ciepła, aksamitna krew nawilżyła jej kanał.

Gdy Carla Parker wydała ostatnie tchnienie, eksplodował w niej, a jego penis gęstniał z każdym impulsem nasienia, które ochlapywało jej wnętrzności i mieszało się z bogatą krwią. To była najlepsza rzecz, pomyślał, pozwalając swojemu kutasowi wysunąć się z niej i używając jej sukienki, by wytrzeć trochę krwi. A teraz zostaw wiadomość dla tego detektywa: wiadomość, żeby wiedziała, że nie wolno z nim żartować.

Wiadomość informująca ją, że będzie następna.

ROZDZIAŁ IX

Wielebny Perkins wydawał się dość zaskoczony, gdy mała armia najlepszych nowojorskich gliniarzy pojawiła się w drzwiach kościoła. Aresztowanie przebiegło bez żadnych problemów, a Burton, Acosta i Stevens zostali z innymi funkcjonariuszami, przeszukując placówkę w poszukiwaniu dodatkowych dowodów.

"Clarence!" Wezwanie Acosty sprawiło, że pobiegła, a ona i Stevens weszli do zakrystii i skierowali się do małego mieszkania pastora. Jego towarzysz stał po drugiej stronie pokoju, wskazując na dno szafki; ta sama szafka, w której znajdowała się gumowa lalka erotyczna Perkinsa. Ciemna ciecz nieustannie wypływała spod drzwi, spływając strumyczkami po cementowej podłodze i zalewając mały, rozklekotany dywanik.

Stevens podszedł do drzwi, chwytając chusteczką jedną z klamek i powoli je otwierając. Wewnątrz, obok gumowego tułowia, znajdował się tors kobiety, widok, który wywołał westchnienie u wszystkich obecnych.

„Jezu Chryste! To Carla Parker!"

Burton przysunął się bliżej, wbijając oczy w twarz kobiety. Jego wyraz twarzy wyrażał przygnębienie, chęć oddania życia, co wstrząsnęło detektywem do głębi jej duszy. Spojrzenie w jego oczy... — Clarence. Clarence, wszystko w porządku?

"T-tak." Wróciła do trybu zawodowego, wciąż wstrząśnięta. "Nic mi nie jest."

Acosta stał za nią, jego głos był niski i nieśmiały. - Clarice, on wygląda zupełnie jak ty. Po raz pierwszy detektyw Burton spojrzał na ciało, naprawdę na nie spojrzał. Carla Parker była brunetką, ale miała blond włosy. Włożyli jej na głowę perukę. — I spójrz na jego pierś. Przez tkankę tłuszczową klatki piersiowej Carli Parker wpięta była policyjna odznaka. Numer jego odznaki, 5803, był zapisany i przyklejony do paska antyseptycznej taśmy. Stevens i Acosta patrzyli na nią przez dłuższą chwilę, nie chcąc komentować.

"Było."

"To?" Acosta krzyknął.

To był on. Nasz angielski.

– Co ty mówisz? Jak to możliwe, skoro mamy dowody na Perkinsa?

„Nie wiem, jak to wytłumaczyć, Stevens. Po prostu wiem. To jest wiadomość dla mnie".

"Dlaczego ty?"

- Musiał wrócić do baru. Musiał mnie z nią zobaczyć i uznał, że trzymam ją z dala od niego. Burton nie mógł oderwać wzroku od pustych oczu Carli Parker. – Mówi mi, że przyjdzie po mnie później.

– Ale co z wielebnym Perkinsem?

„On jest niewinny".

Acosta stanął przed nią. „Co robisz? Mamy tego palanta na haku!"

"Mamy to?"

Spojrzała na Stevensa, który również na nią patrzył. "Co to do diabła jest?"

„To jest czerwony śledź, zainscenizowany dla naszej korzyści i wplątania Perkinsa. Perkins nie jest zabójcą". Odwróciła się, by wyjść z pokoju, rzucając słowa przez ramię: „On tam na mnie czeka".

* * *

Włożył dwie ćwierćdolarówki do automatu i wsunął gazetę pod pachę. Jego mieszkanie znajdowało się kilka przecznic dalej i była to nieodzowna część jego codziennej rutyny, jego sposób na utrzymywanie kontaktu z prawdziwym światem. Spojrzał na zegarek i przyspieszył kroku. Prawie sześć. Czas wiadomości. Czas sprawdzić, czy ten detektyw dostał twoją wiadomość.

Przerywanie transmisji Wiadomości zaczęły się o 5:59, a on usadowił się w fotelu z gazetą na kolanach i piwem w dłoni. „Dobry wieczór. Zaczynamy od najświeższych wiadomości z St. Peter's na Lower East

Side . Wielebny Henry Perkins został aresztowany za zabójstwo Tamary Williams, Juliet Friars i ostatniej ofiary, 38-letniej recepcjonistki Carli Parker.

Pani Parker brała wcześniej udział w bójce w barze Sin City, ale udało jej się uciec bez obrażeń. Kiedy policja odeszła, pani Parker wyjechała sama, mimo że policja zaproponowała jej podwiezienie, i została okradziona i zamordowana na Canal Street.

Uważnie słuchał spikera, ważąc każde słowo i szukając przebłysku tej suki, detektywa Burtona. Zastanawiał się, czy byłaby na tyle odważna, by stawić mu czoła. W końcu. Czego się spodziewałem. Na ekranie pojawiła się policyjna suka z dużymi cyckami.

– Czy możesz nam powiedzieć coś więcej o tym śledztwie?

Oczy kobiety opuściły twarz reportera i powędrowały do obiektywu kamery. „Śledztwo się nie skończyło. Aresztowaliśmy interesującą osobę, ale osobiście nie wierzę, że ta osoba jest sprawcą. Myślę, że wciąż tam jest i czeka na kolejny atak".

Burton wpatrywała się w kamerę, ignorując wściekłe szepty Stevensa, który był tuż za nią. "Otrzymałem twoją wiadomość. Czekam na ciebie."

Reporter odszedł od niej, aby zakończyć fragment transmisji, a Stevens złapał ją za ramiona i obrócił. "Co Ty do cholery robisz?"

– Próbuję znaleźć zabójcę, John. Czas zagrać w jego grę.

ROZDZIAŁ X

Clarice Burton stanęła przed lustrem i uważnie przyjrzała się swojemu odbiciu. Przez lata ukrywała swoją kobiecość pod mundurem, za odznaką, która zrównywała ją ze wszystkimi, którzy będą ją prześladować w imię tej kobiecości. I to było w porządku. Poruszała się w kręgach wydziałowych, pozornie nieświadoma szeptów, które towarzyszyły jej, kiedy wchodziła do sali operacyjnej, ale zawsze boleśnie świadoma, że bez względu na to, jak bardzo by się starała, zawsze będzie postrzegana jako rudowłosa dziewczyna z wielkimi cyckami.

Zmiana na detektywa była obsesją. Ciężko pracował, czytając i studiując, kiedy chłopcy imprezowali lub grali w pokera, a ciężka praca się opłaciła. Przybył, aby opuścić szumowiny biura, wstępując do szumowiny detektywów. Jej wrodzona zdolność do wyszukiwania dowodów utrzymywała głowę i ramiona powyżej średniej i wkrótce została zauważona ze swoich niezwykłych zdolności. Teraz mógł przejąć stery na swój własny sposób i miał to szczęście, że miał towarzystwo Acosta jako swojego partnera. Chociaż należał do większości, która nienawidziła napływu kobiet do szeregów detektywów, trzymał buzię na kłódkę i wykonywał swoją pracę.

Nie poznała siebie. Ta osoba, stojąca przed lustrem... to była osoba, którą była przez te wszystkie lata. Matka Angie. Kobieta, która lubiła być kobietą. Kobieta, która lubiła być dotykana i całowana. Kobieta, która cieszyła się męskim ciałem obok swojego, stając się nim pod szeptem bawełnianej pościeli. Sam widok własnego krągłego ciała w sukience sprawił, że nagle zatęskniła za intymnością czyjegoś dotyku i zaczęła się zastanawiać, dlaczego tak naprawdę to robi. Czy chciał złapać zabójcę lub doświadczyć seksu?

Zegar w holu wybił północ i zamarła przed tablicą, serce waliło jej w uszach. Jego oczy przesunęły się po twarzach, zatrzymując się na kilka sekund, by odpowiednio złożyć im hołd. Robiła to dla nich, dla każdego z tych biednych dusz, które straciły życie przez ludzi takich jak Anglicy. Powstrzymując go, zapewni im trochę spokoju, a być może także sobie. Czas było iść. daj mi siłę

Zamknęła drzwi, sprawdziła, czy jej odznaka i broń są w torbie, i wślizgnęła się do nieoznakowanego samochodu, którym przyjechała do domu. Włosy od razu stanęły jej dęba, ale nie miała czasu wyciągnąć pistoletu z torby. Spokojnie, z opanowaniem włożył kluczyk do stacyjki i powiedział: „Cześć, Jack".

„Witam, detektywie Burton". Siedział na tylnym siedzeniu, trzymając lufę pistoletu przyciśniętą do tyłu głowy i upewniając się, że pozostaje w cieniu. – Wyglądasz dziś pięknie.

Jej oczy spotkały się z jego w lusterku wstecznym. – Ubrałem się tak dla ciebie.

"Naprawdę?" Jego chrapliwy głos sprawił, że przeszły ją dreszcze. – Chcesz powiedzieć, że chcesz się ze mną pobawić?

– Tak, Jack. Chcę się z tobą pobawić.

Przysunął się tak blisko, że czuła jego ciepły oddech na swojej szyi. "Ty wiesz co to znaczy?"

Clarice poczuła drżenie głęboko w żołądku i nie mogła nic zrobić, by to powstrzymać. Wiedział dokładnie, co miał na myśli i jeśli nie wygra tej gry, rezultatem będzie jego śmierć. – Tak – powiedziała cicho. "Wiem, co to znaczy."

„Możesz okazać się moim największym arcydziełem, Clarice. Taka odważna kobieta, by stawić czoła śmierci".

– Nie zabijesz mnie, Jack.

— Nie zrobię tego?

– Wolałbyś mnie pieprzyć.

Jego ręka nagle zamknęła się na jej gardle, wypychając powietrze z płuc. „Mogę zrobić jedno i drugie, detektywie. Nie prowokuj mnie. Jeśli to zrobisz, doświadczenie może nie być dla ciebie tak ekscytujące".

Chciała odpowiedzieć, ale nie miała na to tchu. Zamiast tego skinęła głową, a jego ręka zniknęła tak szybko, jak się pojawiła, i sapnęła. „Przepraszam, Jack. Nie chciałem cię zdenerwować. Po prostu dałem ci znać, że oferuję się całkowicie i całkowicie dla twojej przyjemności".

- Nie musisz oferować. Wezmę, co zechcę.

Jego umysł próbował pracować szybko. Teraz był zły, coś, czego nie chciała. – Przepraszam, Jacku.

Pochylił się. – Właśnie takie lubię kobiety. Uległe. Czy zna pan swoje miejsce, detektywie Burton?

"Tak." Odpowiedziała bez wahania. „Moje miejsce jest pod tobą".

Uśmiechnął się w ciemności, jego penis stwardniał na jej odpowiedź. To z pewnością miała być najlepsza noc w jej życiu. - Ma pan całkowitą rację, detektywie. A teraz uruchom samochód, a powiem ci, gdzie masz jechać.

Drżącymi rękami detektyw Clarice Burton uruchomiła samochód, uruchomiła go i odjechała w ciemność, niepewna, czy dotrze do domu żywa.

ROZDZIAŁ XI

Nie wiedziała, jak to zrobiła, ale jakoś udało jej się prowadzić samochód, postępując zgodnie z instrukcjami, które jej dał. Kilka razy, kiedy przejeżdżały radiowozy, myślała o tym, żeby do nich pomachać i zastanawiała się, co myślą Acosta i Stevens, gdyby wrócili do jej domu, szukając jej, kiedy się nie pojawiła. Miała nadzieję, że właśnie jej szukali, ale nie miała nadziei, że ją znajdą. Instrukcje, które dał jej Jack, zabrały ich poza miasto, poza zasięg poszukiwań detektywów, i jakoś wiedziała, że był tego świadomy. W końcu skierował ją na podjazd i kazał zaparkować samochód.

– Jesteśmy na miejscu, skarbie. Jego chropowaty głos odetchnął jej w uchu, gdy wyłączył silnik. – Dlaczego nie wejdziemy do środka, gdzie jest cieplej?

"Dobra." Sięgnęła do klamki, ale powstrzymał ją jego dłoń na jej ramieniu.

„Poczekaj. Najpierw zawiąż oczy. Zamknij oczy".

Zrobiła, o co prosił, drżąc jeszcze bardziej, gdy usłyszała otwieranie tylnych drzwi samochodu. Zmiana w samochodzie zaalarmowała ją, że opuścił tylne siedzenie, a gdy otworzył drzwi, przeleciało przez nią zimne powietrze. Położył kawałek miękkiego materiału z osłonami oczu na jej twarzy, a kiedy otworzyła oczy, nic nie widziała. Jego dłoń zakryła jej dłoń, a ona zadrżała, czując dotyk jego szorstkiej skóry.

– Gotowy, detektywie?

Burton nie ufał jej głosowi, była tak przerażona, że tylko skinęła głową i całkowicie zrzekła się kontroli. byłem odrętwiały; nie czuła nic oprócz miejsca, w którym jego dłoń dotknęła jej dłoni, a każdy krok wysyłał wstrząsy przez jej ciało, potrząsając nią miarowo ku rzeczywistości. Poczuła wzniesienie na podjeździe, potem kroki, a potem długi korytarz, kiedy minęła frontowe drzwi. Jej ruch do przodu zwolnił i poczuła, że jest manewrowana wokół czegoś, a następnie delikatnie odpychana. Kiedy podskoczył, wiedziała, że siedzi na łóżku, a jej serce zabiło szybciej.

– Witam w moim domu, detektywie.

– Dziękuję. Czy mogę zdjąć opaskę z oczu?

- Nie. Chcę, żebyś to trzymał, dopóki nie zdecyduję, jak zakończy się ta noc.

– To chyba sprawiedliwe.

Burton próbował wziąć głęboki oddech, mając nadzieję, że to pomoże jej powstrzymać strach, ale wiedziała, że widział, że była przerażona. – Jesteś inny, niż myślałem. Zaczął, jego ręce pieściły jej ramiona. „Spodziewałem się twardej kobiety, ale ty wcale nie jesteś twarda".

– Dlaczego myślałeś, że będzie ciężko? Nienawidziła drżenia w jej głosie, ale ciepło jego dłoni przez cienką tkaninę jej sukienki działało na nią.

I on to wiedział. - Musiałbyś być twardy, żeby być detektywem z wydziału zabójstw. Jego dłonie przesunęły się po jej ramionach, wywołując gęsią skórkę. – Kiedy ostatni raz mężczyzna cię tak dotykał? Kiedy nie odpowiedziała, kontynuował, nachylając się do jej ucha. „Kiedy ostatnio mężczyzna powiedział ci, że jesteś spektakularna?" Jego palce przesunęły się w dół, muskając jej sutki, co sprawiło, że westchnęła. „Kiedy ostatni raz mężczyzna dał ci dobre, ostre ruchanie?"

Clarice nie mogła mówić. Kiedy ostatnio dobrze się pieprzyłeś? Zapomnij, kiedy ostatni raz ją pocałowałeś? Fakt, że nie mógł odpowiedzieć, był znakiem ostrzegawczym. „Długo". Odpowiedziała miękko.

– Taka piękna kobieta jak ty? Podszedł bliżej. „Jestem pewien, że są setki mężczyzn, którzy cię pragną, więc dlaczego jesteś sam?"

"Jestem policjantem. Nie mam czasu..."

„Dla związków?" Rzeka. - Słyszałem to już wcześniej. Piękne kobiety nigdy nie miały dla mnie czasu, zwłaszcza te dziwki. Jego dłonie pieściły jej piersi, obejmując je i otaczając sutki przez materiał. "Zdejmij swoją sukienkę".

Zaczął coś mówić, ale zmienił zdanie. Powoli wstała, rozpinając rozpiętą część sukienki i pozwalając jej opaść z piersi. Już miała zepchnąć resztę sukienki, kiedy jego usta zaatakowały jej sutki, liżąc je i ssąc, aż urosły do bolesnych punktów. Clarice sapnęła, kochając każde lizanie i ssanie, które jej dawał. Tak dobrze było być zgwałconą, że zapomniała o niebezpieczeństwie i myślała tylko o jego ciepłych dłoniach na jej ciele.

„Chcę cię pieprzyć, detektywie. Czy jesteś gotowy, aby zagrać w moją grę?"

Jej ciało drżało z jego uwagi, zsunęła sukienkę, odsłaniając ramiona. „Tak, Jack. Pobawmy się.

ROZDZIAŁ XII

Burton wciąż się bał. Stała naga z zasłoniętymi oczami, czekając na jego rozkaz, tak jak tylko gorliwy niewolnik może to zrobić. Wszystkie nerwy były napięte. Każdy włos stał. Każde jej włókno drżało, każda część czekała na jego słowo.

„Ostra gra, detektywie. Poradzisz sobie z tym?"

„Mogę znieść znacznie więcej, niż myślisz, Jack".

"Naprawdę?" Lekki odcień żartobliwego niedowierzania zabarwił jej słowa i zacisnęła zęby, by powstrzymać drżenie strachu, które ją przeszyło. Oddychała celowo w jego szyję, ciepło przyprawiało ją o dreszcze. „Mogę wymyślić wiele rzeczy, które można zrobić z twoim pięknym ciałem".

"Założę się, że potrafisz." Powiedział cicho. – Ale dlaczego nie pozwolisz mi się sobą zająć?

– Dlaczego? To robota dziwki. W ciągu kilku sekund jego ton zmienił się z żartobliwego w zły, co ją przestraszyło. – Mam cię traktować jak te dziwki?

"NIE." Burton powiedział szybko. – Przepraszam, Jacku. Upadł na kolana, chowając brodę do piersi. "Proszę, przyjmij moje przeprosiny."

"Przyjmuję przeprosiny." Poczuła jego but na plecach, popychający ją do przodu na klatkę piersiową. – Ale jeśli to się powtórzy, zabiję cię. Rozumiesz?

„Tak, Jacku".

"Dobrze. Nienawidzę kobiet, które myślą, że mogą mnie przechytrzyć. To nie może być zrobione."

„Tak, Jacku".

„Poliż mi buta". Clarice pochyliła się, wiedząc, że ma stopę pod twarzą i wystawiła język, czując smak mieszanki brudu i soli. Smak był okropny, ale starała się tego nie okazywać, ponieważ była pewna, że patrzył. "Dobrze. A teraz wstań."

Wstał powoli, jego ciało wciąż się trzęsło. Nawet gdy jego ręce otaczały jej ciało, celując w jej ciężkie piersi, wiedziała, że słodycz jego dotyku była kłamstwem. Przyjemna pieszczota zamieniła się w litanię bólu, przerywaną jej płaczem. Jego palce szczypały delikatną skórę jej klatki piersiowej tak mocno, że wiedziała, że niemal natychmiast pojawią się na niej siniaki. Walczyła z pragnieniem walki z nim; wiedziała, że tego właśnie chciał. Wtedy tortury byłyby jeszcze gorsze. Jego palce znalazły nowe cele i Burton prawie zemdlał z powodu bólu jej krzywych sutków.

Nagle zatrzymał się, pozwalając, by jego ciepły oddech spłynął po jej szyi. – Jesteś dość twardy, detektywie. Nie odezwała się, ponieważ tak bardzo starała się nie płakać, ale wiedziała, że on i tak wiedział. Wziął ją za rękę i poprowadził długim korytarzem, po czym pomógł jej zejść kilka stopni. „Zobaczymy, jak ci się to podoba".

W chwili, gdy poczuła śliską skórzaną opaskę na nadgarstku, wiedziała, że ma kłopoty. Próbowała walczyć, ale był znacznie silniejszy, wpychając ją w kadr, trzymając najpierw jeden nadgarstek, potem drugi. Próbowała go kopnąć, ale złapał ją za nogę i z łatwością zamknął w skórzanej ortezie, blokując również jej drugą kostkę. Teraz była całkowicie zdana na jego łaskę.

– Byłeś taką dobrą dziewczyną, detektywie. Szkoda, że musisz mieć szlaban.

"NIE!" Burton wykręcił ramiona, próbując znaleźć jakiś uchwyt na skórze, ale nic nie znalazł. Rama przesuwała się i obracała, przewracając ją tak, że zwisała do przodu, a bezczelny trzask za nią podsycił jej najgorsze obawy.

"Tak!"

Bicz trafił w środek jej pleców i sapnęła z powodu palącego bólu, który przeszył jej ciało. Bicz spadał w kółko, za każdym razem sprawiając, że krzyczała, ale brzmiało to jak jęk. Dziesięć batów później był szlochającą masą ciała, potrząsając rękami i wciąż próbując się uwolnić.

- Puść mnie, ty kupo gówna!

„Och, co jest detektywie? Chciałeś się bawić, a teraz nie podobają ci się zasady?" Rama przechyliła się jeszcze raz, obniżając ją o kilka cali i wiedziała, co będzie dalej. – Cóż, może zaczniemy imprezę? Poczuła jego palce na swojej suchej cipce. – Przygotuj się, detektywie. Zaraz to otworzę.

Burton poczuł jej pośpiech i usłyszał jej bezsłowny krzyk. Jego ręce opuściły jej ciało i wysunął się z jej cipki, zabierając ze sobą klatkę. Wciąż z zasłoniętymi oczami, mogła sobie tylko wyobrazić, jak wyglądałaby ta scena: czerwona krew spływająca po jego nogach, tryskająca z dwóch otworów w główce jego penisa, dwóch otworów, które zostały przebite w jego ciele przez dwa srebrne pręty przymocowane do klatki. srebrny. które pasują do jej cipki. Kolce u podstawy zapewniłyby obfite krwawienie, gdybyś próbował je usunąć.

"Suka!" Krzyknął gdzieś za nią. – Co ty mi kurwa zrobiłeś? Pociągnęła za ręce i nogi i nadal nie znalazła ulgi. „Suka! Ty..." Nagłą ciszę przerwał tylko jęk i usłyszała, jak klatka uderza o ziemię, po czym szybko rozległ się dźwięk jej ciała uderzającego o nią.

Detektyw Clarice Burton zwisała z ramy, wciąż szlochając, nie ze strachu, ale z ulgi. Skończyło się. Teraz musiał tylko czekać, aż latarnia przyśle pomoc. Wkrótce mieli tu przyjść Acosta i Stevens. Będzie musiała tylko cierpieć z powodu biurowych żartów, że zostanie złapana nago. Teraz było już po wszystkim.

ROZDZIAŁ XII

Clarice! Clarice!

Usłyszała głos Stevensa, ale była zbyt odrętwiała, by się poruszyć. Ręce miała jak z ołowiu i miała zawroty głowy od krwi zbierającej się w jej głowie. Skórzane pasy opadły jeden po drugim i pomogły jej wstać, tylko po to, by przekonać się, że nie może ustać. Silne ramiona zaniosły ją do miejsca, gdzie ją położyły i czymś przykryły. Kilka minut później opaska została zdjęta, a miseczki wyszły pokryte mieszanką potu i łez.

Zamrugała przed ostrym światłem, reagując jak ktoś, kto wpatrywał się w latarkę i został na chwilę oślepiony. Ktoś przetarł jej oczy zimnym ręcznikiem, wycierając zanieczyszczenia, a ona wyciągnęła rękę, by potrzeć je dłonią, wciąż mrugając wściekle. Jeszcze kilka minut i jego wzrok rozjaśnił się na tyle, że twarz Johna mogła się wyostrzyć, jego wyraz twarzy był bezcenny.

„John, czy to strach, który widzę?"

"Nic ci nie jest?"

„Tak, nic mi nie jest. Gdzie jest Acosta?"

Stevens przełknął ślinę, jego oczy przeniosły się na jakiś punkt na podłodze. "On jest tam."

Słowa dotarły do niej dopiero wtedy, gdy zobaczyła ciało, a potem niedowierzanie zamgliło jej umysł. Jego partner, jego najbliższy współpracownik, leżał na ziemi, kałuża krwi rozlała się pod nim jak koc. Klatka leżała cale od jego dłoni, jej kolce były wypełnione galaretowatym mięsem. "Tony?"

Detektyw Stevens położył ręce na ramionach Burtona, ściszając głos, gdy do pokoju weszło więcej funkcjonariuszy. – To był Acosta, Clarence. To był Jack.

„Nie mógł być. Jak..."

„Dzisiaj wcześniej zadzwonił do mnie dr Jonathan Herbert . Powiedział, że leczył Acostę przez ostatnie dziesięć lat i że Jack był jedną z jego jawnych osobowości".

– Dlaczego nie skontaktowałeś się z nami wcześniej?

– Najwyraźniej był w Baltimore na zjeździe. Wrócił dopiero dziś rano i nadrobił zaległości w czytaniu. Wtedy dowiedział się, że to Acosta.

W głębi Burtona zaczęło się drżenie , którego nie mógł powstrzymać i upadł we łzach w ramionach Stevensa. Była bliska śmierci. Nie to przerażało ją najbardziej. Chodziło o to, że przez cały ten czas Acosta był jej tak bliski.

„Zabierz mnie stąd, John. Proszę. Zabierz mnie do domu".

* * *

Kilka następnych dni było wypełnionych większą aktywnością, niż Burton był w stanie znieść. Wszystkie media chciały rozmawiać z twardą detektyw, która złapała zabójcę o pseudonimie „Kuba Rozpruwacz", ale ona nie chciała mieć z tym nic wspólnego. Odeszła do swojego domu, spędzała czas przed ścianą z tablicy korkowej i płakała w niekontrolowany sposób. Prawie ich zawiodłam. Była tak pochłonięta pracą, poszukiwaniem zabójcy, że zapomniała żyć. Czy tego właśnie chciałaby Angie dla swojej matki, odizolowania się od cywilizacji?

Cztery dni po morderstwie wezwano ją do biura komisarza w celu złożenia pełnego raportu i wyszła z tego doświadczenia wyczerpana. Szef policji poradził jej, aby wzięła kilka dni wolnego na zebranie myśli, a ona się zgodziła, wciąż zbyt emocjonalnie wstrząśnięta odprawą, by protestować. Mijając biuro detektywa, zatrzymała się, by zajrzeć do środka i zobaczyła, czego tak bardzo pragnęła być częścią. Stevens, Andreotti i kilku innych gości zebrało się wokół biurka, żartując i śmiejąc się razem.

Nie mogła przestać. Pchnęła drzwi, wchodząc na otwartą przestrzeń i wszystkie oczy zwróciły się na nią. Burton przełknęła ślinę, powtarzając sobie, że sprawdzi telefon w poszukiwaniu wiadomości i spokojnie wyjdzie. Wszyscy obserwowali ją, gdy przechodziła, kulejąc lekko z powodu gojących się ran zadanych biczem, w milczeniu obserwując jej cichą siłę. Pierwsze oklaski zamroziły ją w miejscu i odwróciła się, by zobaczyć, jak Stevens wstaje i klaszcze za nią. Andreotti i pozostali przyłączyli się iw ciągu kilku chwil wszyscy detektywi wstali i oklaskiwali odwagę detektyw Clarice Burton.

Podeszła do swojego biurka i przejrzała swoje wiadomości, wściekle ocierając łzy, kiedy zapisywała informacje. Kiedy odłożyła słuchawkę, zauważyła w rogu małą paczkę i powoli ją rozpakowała. W środku znajdowała się srebrna klatka dopochwowa, której końcówki były nienaruszone, z wyjątkiem tego, że przekłuwały zabawkowy model Kuby Rozpruwacza. Mała notatka dołączona do spodu głosiła: Witamy w dżungli. Z jakiegoś dziwnego powodu te słowa wywołały jej łzy w oczach i zrozumiała, co mówią jej koledzy. Zawsze była jedną z nich i była wyjątkowa dla zespołu w sposób, w jaki oni nie byli. Ich męskość nie pozwalała im przyznać się do jej miłości, ale dali jej do zrozumienia, że ją kochają.

Detektyw Burton wydmuchała nos, wyprostowała się od biurka i wyszła, z ulgą stwierdzając, że pokój detektywa wrócił do normy, ludzie odbierają telefony, wypełniają papierkową robotę i omawiają sprawy. Zatrzymał się przy biurku, przy którym siedzieli chłopcy. – Są mi winni lunch.

"To?" – powiedział Andreotti, patrząc na swoich kolegów detektywów.

„Znam rutynę. Rozwiąż sprawę, grupa zaprasza cię na lunch, prawda?"

Stevens się roześmiał. "Tak to jest poprawne."

– Dobrze. Każdy z was jest mi winien lunch.

Burton opuścił salę z uśmiechem na twarzy i ogniem w sercu. Będę żył, Angie. zamierzam żyć

KONIEC

65